Clifford tout p'tit

Jouons dans les feuilles!

Quinlan B. Lee
Illustrations de Barry Goldberg
Texte français d'Isabelle Allard

D'après les livres de la collection « Clifford, le gros chien rouge » de Norman Bridwell

ISBN 0-439-95382-0
Titre original : Clifford's puppy days – Leaf Season
Conception graphique : John Daly

D'après les livres de la collection
CLIFFORD, LE GROS CHIEN ROUGE
publiés par les Éditions Scholastic.
MC et Copyright © Norman Bridwell.
SCHOLASTIC et les logos connexes sont des marques de commerce ou des marques déposées de Scholastic Inc.
CLIFFORD, CLIFFORD LE GROS CHIEN ROUGE, CLIFFORD TOUT P'TIT et les logos connexes sont des marques de commerce ou des marques déposées de Norman Bridwell.

Édition publiée par les Éditions Scholastic,
175 Hillmount Road, Markham (Ontario) L6C 1Z7.
5 4 3 2 1   Imprimé au Canada   05 06 07 08

Éditions
■SCHOLASTIC

Avant d'être un gros chien rouge, Clifford était un tout p'tit chiot rouge. Il vivait dans un appartement en ville avec Émilie et ses parents.

Clifford aime vivre avec les Mignon.

Mais il aime par-dessus tout être avec Émilie.

Un jour, pendant une promenade, Clifford est surpris
de voir une grosse feuille orange tomber sur lui.

— Regarde, les feuilles
changent de couleur,
dit Émilie. Ça veut dire
que l'été est fini. C'est
l'automne, maintenant.

Clifford ne veut pas que les choses changent.
Il veut que tout reste comme avant.

— Clifford, pourquoi es-tu triste? demande Mme Cheddarov.

— Je ne veux pas que les saisons changent, répond Clifford. J'aime l'été, les pique-niques et les gâteries que je déguste avec mes amis.

— Voyons, Clifford! s'écrie le benjamin de la famille Cheddarov. Il y a aussi plein de gâteries en automne : des pommes juteuses, des biscuits à la citrouille, des tartes aux pacanes… C'est délicieux tout ça!

Dans l'appartement, Clifford voit un sac rempli de serviettes et de jouets de plage près de la porte. Il remue la queue, tout heureux.

Mme Mignon prend le sac et le range
sur une tablette dans un placard.
Clifford se cache sous le tapis.

— Qu'est-ce que tu as? demande Jonquille en glissant la tête sous le tapis.

— Je pensais qu'on allait se baigner, dit Clifford. Mais la mère d'Émilie a rangé le sac de plage.

— Il fait trop froid pour se baigner, dit Jonquille. Elle a rangé le sac jusqu'à l'été prochain.

— Tu verras, Clifford, explique Jonquille. En automne,
il y a plein d'activités amusantes.

Figaro se pose sur le bord de la fenêtre.
— Qu'as-tu autour du cou? demande Clifford.
— Un foulard, répond Figaro. Il y a un petit vent frisquet.

— Tu ne t'ennuies pas du beau soleil d'été? demande Clifford.

— Un peu, gazouille Figaro. Mais j'adore voler et jouer dans le vent.

Le vent fait tomber les feuilles. On en voit bientôt de gros tas partout. Clifford s'amuse à sauter dedans et à se rouler par terre avec Flo et Zoé. Peut-être que ses amis ont raison : l'automne, c'est plutôt amusant!

Quand Gontran sort dehors, tout le monde joue à cache-cache.
Clifford trouve une excellente cachette.

Ce jour-là, dans l'après-midi, Clifford et Émilie vont au parc.
Clifford adore voir les feuilles multicolores danser sur le trottoir.

La brise d'automne est agréable,
mais elle le fait frissonner.

Émilie prend Clifford dans ses bras, et il se blottit dans son manteau.
Clifford est content et bien au chaud.
« Le changement, ça peut être amusant », pense-t-il.
Mais tant mieux si certaines choses restent comme avant!